KB132345

파의 목소리

최문자 시집

문학동네시인선 071 최문자

시인의 말

    나쁜 습관이 있다. 중요한 것을 팔아서 덜 중요한 것을 사
버린다. 참으로 무익했다. 어쩌면 나는 하찮은 것에 매혹된
자였고 이 매혹이 나를 매일매일 놀라게 할 것이라는 막연
한 믿음이 있었다. 세상의 중요한 약속들을 어기거나 포기
하고 많은 것들과 결별할 때 시가 써졌다.

    파의 매운 기분을 사랑했다. 온 군데 매운 파를 심어놓고
파밭에 나가 있었다. 그들은 힘껏 파랬다. 파밭에 서 있으면
쓰라린 파의 목소리가 올라왔다.

2015년 여름, 파밭에서
최문자

차례

1부

트럭 같은 1

언제나 마지막 얼굴은 빈 트럭
이것이 가끔 나였구나

짐을 잔뜩 실어놨는데 길을 잃다니
검은 하늘을 올려다본다
밤에 술술 빠지는 머리카락처럼
별들도 길을 잃는다
이것이 누구의 짐이든
검은 눈알이 달린
그런 짐이 트럭 한가득

트럭과 짐은 관념이 아니다
사람처럼
머리카락처럼
질병처럼
내뱉어지는 데는
사로잡히는 데는
짐과 짐 사이 허공
꾸욱 누르는 데는
목에 걸리고
시간이 걸린다

늦은 저녁

낡은 바퀴를 달고
검은 트럭 한 대가 덜컹거리며 돌아온다
떨궈진 그것이 누구의 눈알이든
거기 놓고 벌판을 달려왔다

하루의 시동을 꺼트리고도
트럭 같은
핸들을 잡았던 푸른 손목을 비추는 더 푸른 달빛
달빛마저
트럭 같은

빠따고니아*

여기는
빠따고니아 얼음 절벽에서 가장 먼 곳
어제는
남루한 도시를 뚫고 미지근한 공기들이 20층까지 올라
왔다
한소끔 불 땐 그런 상자 안에서
여자들이 아팠다
별들과 멀어질수록
더 많이 아팠다

나도 어제는 많이 아팠다
빠따고니아를 다녀온 후 다시 빠따고니아로 가고 싶어서

다시 찾아오지 말라는 안내 표지판을 분명 기억한다

그런데 오늘
아무런 서사도 없이
빠따고니아를 여러 번 불렀다

여기는 별에게서 가장 먼 곳
여름에 더 눈물나는 여자들
많이 아프다

오늘 나는
아픈 여자의 음성으로
빠따고니아를 여러 번 발음해보았다
빠따고니아, 빠따고니아―――

저녁에는
빙벽으로 가는 것처럼 버스를 탔다
나보다 더 아픈 여자들도 탔다
별이 얼음처럼 차갑게 나오고 있었다
빠따고니아로 가는 것처럼 붉은 구름 밑을 달렸지만
빠따고니아에서 가장 먼 곳으로 가고 있었다

* 빠따고니아 : 남미 최남부 칠레와 아르헨티나 양국에 걸쳐 있는 반
건조성 고원으로 오십여 개의 빙하로 덮여 있다. '빠따고니아'는 '파
타고니아'의 문화어.

화석

사하라에 가보고 싶었다

암모나이트 껍질이 박힌 사하라의 화석을 만져보고 싶었다
멀고 먼 사하라 고생대의 절망으로부터 나의 절망에 이
르기까지

흰 털을 가진 양들의 굽슬굽슬한 몽유가 한 조각씩 떨어
져 날아들던 무덤 그 허벅지에서 꺼낸 뼈 자국을 만지고 싶
었다 짐승들이 몸안의 구름을 들추고 사포 소리가 나는 장
기에 귀를 댄 흔적이, 숲을 덮칠 때 필사적으로 달아났던 꽃
잎 날린 흔적이, 뱉어낸 뱀의 허물에 가득찼을 모래 흔적이,
사막을 걷다가 올라가야 할 산이 되었다는데

사하라의 대사구 메르즈가는
사하라의 화석을 넣어두는 곳
질식한 미물들이 몸부림치던 시간을 넣어두는 곳
메르즈가의 아랫도리를 아직도 모래바람이 깎아대는 것
은 바다였던 고생대로 가고 싶다는 것 모래가 아틀라스 산
맥을 넘고 싶다는 것

나에게서 모래바람이 부는 줄 몰랐다 나의 시까지 메르즈
가가 되려고 조금씩 푸른 바다를 메우는지 몰랐다 한밤중
벌떡 일어나 모래를 탈탈 털었다 모래의 어둠에서 뜨거운
돌비늘들이 우수수 쏟아졌다 핏속에서 모래가 깜빡거린다

016

서둘러 아틀라스 산맥을 넘어야 한다
  올겨울쯤 모로코로 갈 수 있다면
  사하라 돌산에 떨어진 물고기 모양의 화석을 만져보고
싶다
  화석을 공처럼 발로 차며 노는 베르베르족 유목민 자식
처럼
  이쪽 여기저기 선인장을 심고
  전갈을 불러야 할까 낙타도 불러야 할까
  이글이글 불타오르는 모래의 질문엔 모래의 말투로 대답
해야 할까

  사하라의 모래가 물고기 무늬가 되어 글썽일 때
  그 상처를 만지며 같이 울어야 할까

재깍재깍

1
아름다운 날
그는 한 개의 촛불을 켰다
사랑은
시계가 재깍재깍 하는 동안
하얀 초 한 자루 심장에서 쏟아지는
눈물 그사이
온몸에 불량 전구를 단 듯
너무 뜨겁다가 Largo로 식는
그런 느낌 그사이
하늘에서 보면
촛불은 사과 모양의 심장
사과 심장이 녹아내리는 붉디붉은
핏방울 그사이
재깍재깍 하는 동안
나의 초들은 촛불이 꺼지기를 바랐다

2
하늘에서 보면
눈물은 못 찾을 데에 있는 두꺼운 얼음
떼로 몰려다니던 고열도 오한도
재깍재깍 하는 동안
눈부신 얼음으로 태어난다

이미 얼음인데도
얼음 위에 얼음을 하나 더 얹어놓는 눈물의 소원은
재깍재깍 하는 동안
다시는 눈물이 안 되는 것

우리들은 눈물로부터 겁 많은 짐승
모든 게 자주 불가능해서
재깍재깍 하는 사이
죽을 것처럼 말을 달린다

자작나무 숲에서 눈물 어린 얼음 시계를 찾고 있다

트럭 같은 2

짐이 무거워서 죽으러 간 트럭이 있다

그동안 너무 오래 가능했었다
낡은 트럭인데

언제부터 이렇게 슬프고 무거웠나
살아남는 나의 바퀴들

무거워서 드문드문 하나님을 빠뜨리고
고개 숙인 트럭을 따라간 적이 있다

부활절이 되면
메시아처럼 목이 말랐다
달리면서 목이 말랐다

목마르다 목마르다
나무 위
그 어두운 부분에서 들리는 목마름

사슴벌레처럼
나만 물을 마시면 어떡하나

가슴에 달린 내 헛바퀴들

어떡하나 어떡하나
목마름에 어떻게 못박히나

나만 틀리면 어떡하나
양떼처럼 부를 수 없는 트럭인데

그동안
너무 오래 하나님 사정거리 안에 있었다

꽃구경

1

꽃은 몇 겹으로 일어나는 슬픔을 가졌으니 푸른 들개의 눈을 달고 들개처럼 울고 싶었는지 몰라 저 불완전한 꽃잎 하나만으로 죽음도 환할 수 있으니 저 얇은 찢어짐 하나 가지고 우울한 우물을 파낼 수 있으니 이게 바람 대신 울어주는 창호지 문인지 몰라 꽃은 죽고 나무만 살아 있으니 나무 속에 끓고 있던 눈물의 일부일지 몰라 검은 점으로 부서졌다가 재가 되는 꽃의 마지막 뼈일지 몰라 밤새 꽃을 내다 버리는 부스럭거리는 소리 죽은 동그라미의 질감으로 바람에게 끌려가는 소리 간지러웠던 피 모두 흘려버리고 매운 꽃나무 뿌리를 다시 찾아가는 순간일지 몰라

2

꽃들이 꽃 한 송이 피지 않는 공허한 내 등뼈를 구경하고 있었다 언제부터 이곳에 꽃이 없어졌을까 언제부터 이곳에 이처럼 딱딱한 굵은 슬픔 한 줄 그어져 있었을까

3

어떤 봄날에 꽃 보러 가는데 불현듯 배가 고팠다 배고프면 위험한데 깜깜한데 눈먼 푸른 박쥐처럼 더러운 바닥에 엎드리는데 허기져도 꽃은 여전히 꽃이 되고 있었다 모른 체하고 하루씩 하루씩 꽃이 되고 있었다

4

　그동안 산맥과 구름 사이에 너무나 많은 꽃잎을 날렸다
어떤 슬픔인지도 모르는 그걸 멈추려고 거기다 너무나 많
은 못을 박았다

이름

이름이 오래오래 얼굴을 만들어주고 있었다

내가 받치고 있는 건 '나'라는 이름
이름보다 이름 뒤의 우주가 얼마나 무거운지
이름 하나 지우기가 이렇게 눈물이 난다
부르다보면 끝 자가 입안에서 뭉개지는 이름
이름 몇 개 달고 야생동물 보호구역으로 들어가는
가끔 짐승이라고 부르고 싶은 그 누구의 이름
나를 이해하기 전엔 하얗게
나의 이야기를 알고는 파랗거나 빨갛게
동물들과 섞일 땐 짐승의 색깔로
각각 다르게 그렇게 불러줄 이름은 없을까
나의 슬픔 그 혹독함도 순백의 사랑도 격정으로 저렸던
손발도
자주자주 빈칸이었던 영혼도
모두 뒤섞어놓고 '나'라고 불러주는 대답할 수 없는
내 이름

이름이 넘쳐서 셀 수 없었던 이시스 여신이 있었다
미네르바 비너스 디아나 다른 자들에게는 유노 또 다른 이
들에게는 벨로나라고 입맛대로 여신을 부르면 별을 달고 이
름이 만들어준 얼굴로 뛰쳐나왔다는 이집트 신화를 읽는 밤

우주는 별자리 몇 개를 바꾸고 있다
만지작거리다 목메는 이름 몇 개
우주로 떠나보낸다

하늘엔 전보다 더 많은 별
구름 냄새를 풍기며 별들이 이름을 업고 나온다 푸르게
반짝인다
오래된 몽유가 오래된 비명이 새겨 있는
가장 믿었던 나의 왼발, 내 이름
어쩌나, 오늘 흐리고 흐리고 흐리다

유목성

내 마지막 상상은 유목민의 아내가 되는 것
아무 절망 없이 게르를 허물고
아무 희망 없이 천막을 다시 치는 남자를 바라보며
그 곁을 자박자박 걸어 다니면 저절로 시가 써지는 아내

벽이 없어서 눈물이 되지 않고
제목이 없어 헐렁헐렁한 그곳
단추가 생략된 옷을 입은 아내는
양고기를 굽고 하얀 만두를 빚으며 흰 꽃처럼 점점 무성
해진다
눈물을 가리던 고독한 우산도 쓰지 않는다
잠시 잠깐
신에게 그곳 땅을 조금 빌려 사는
들짐승의 털이 날리는 유목민의 아내

오래전
몽골 톨 강 지류를 말을 타고 건넜다
떠내려오는 나무에 물길이 없어지자
벙어리 유목민이 나를 팽나무 위에 내려놓고 다시 말을 타
고 강을 건너갔다
유목민의 이별이란 이렇게 성을 쌓지 않고 부득불 톨 강
을 건너고 나무다리 위에서 말을 삼키고 서로 다른 지평을
넘는 것

허공 앞에서 암말들이 젖을 흘리며 새끼를 향해 질주했다
좀처럼 어떤 이별도 되지 않는 곳
이별 후에도 여전히 보여지는 곳

이곳의 밤은 떠나는 자의 것이다
뛰어내릴 벼랑이 없는 유목민의 허기를 이해하는 밤
이곳 포유동물들은 사랑을 안심하고 깊이 잠든다

지상에 없는 잠

어젯밤 꽃나무 가지에서 한숨 잤네
외로울 필요가 있었네
우주에 가득찬 비를 맞으며
꽃잎 옆에서 자고 깨보니
흰 손수건이 젖어 있었네
지상에서 없어진 한 꽃이 되어 있었네
한 장의 나뭇잎을 서로 찢으며
지상의 잎들은 여전히 싸우고 있네
저물녘 마른 껍질 같아서 들을 수 없는 말
나무 위로 올라오지 못한 꽃들은
짐승 냄새를 풍겼네
내가 보았던 모든 것과 닿지 않는 침대
세상에 닿지 않는 꽃가지가 좋았네
하늘을 데려다가 허공의 아랫도리를 덮었네
어젯밤 꽃나무에서 꽃가지를 베고 잤네
세상과 닿지 않을 필요가 있었네
지상에 없는 꽃잎으로 잤네

빨강과 노랑 사이

　사랑은 어느 쪽으로 걸어가도 깜박거렸다 깜박거릴 때마다 그 각을 재어보고 싶었지만 깜박거림은 살아 있는 것이라고 따뜻한 것이라고 빨강과 노랑 사이라고 거기 점멸하는 주황 그것들을 그냥 이해하는 거라고 그는 말했다 '이해'라는 말, 하루종일 만지작거려도 아무 이해도 돋아나지 않았다 사랑의 대부분은 비명, 얼마나 이해할 수 없는 불꽃이 직각으로 서 있다 넘어지는지 어느 쪽으로 눕혀놔도 빨강과 노랑 사이는 가지도 오지도 말라고 깜박거릴 뿐 각이 없었다 아프고 멍한 발들이 찌르르 저려오는 곳 사랑은 이상한 눈빛과 툭툭 부러지는 이별을 가진 주황색 점멸등 뒤집어놔도 깜박거렸다

　아무것도 이해할 수 없는 밤 나는 가장 캄캄한 순간에 오래 깜박거리던 그의 손목을 놓았다 뒤쪽 허술한 어느 한 층에 불이 나갔다 사랑은 더 무서울 것이다 여러 번 혼절했다가 언제쯤 깨어날 것인가

비탈이라는 시간

나의 모든 비탈은
앵두의 기억을 가지고 있다

세상에서 곤두박질치다
나를 만져보면
앵두 꽃받침이 앵두를 꽉 잡고 있었다

외할머니는 산비탈에 앵두나무를 심고
우리들을 모두 앵두라고 불렀다
앵두꽃이 떨어져 죽을 적마다
우리는 자꾸 푸른 앵두가 되었다

신작로에 나가 놀다가도
앵두는 앵두에게로 돌아왔다
어쩌다 생긴 흉터는 모두 앵두꽃으로 가렸다

붉은 흉터들까지
외할머니는 꼭 앵두라고 불렀다
푸른 앵두가 이제 막 익는 거라고 말했다

지난여름 내내
비탈에 있는 동안
폭우에 앵두나무 몇 그루가

몸부림치다 죽었다는 소식을 들었다

갑자기 앵두에게로 돌아가고 싶었다

청춘

파랗게 쓰지 못해도 나는 늘 안녕하다
안녕 직전까지 달콤하게 여전히 눈과 귀가 돋아나고 누군
가를 오래오래 사랑한
시인으로 안녕하다
이것저것 다 지나간 재투성이 언어도 안녕하다

삼각지에서 6호선 갈아타고 고대 병원 가는 길
옆자리 청년은 보르헤스의 『모래의 책』을 읽고 있었다
눈을 감아도 청년이 파랗게 보였다
연두 넝쿨처럼 훌쩍 웃자란 청춘
우린 나란히 앉았지만 피아노 하얀 건반 두 옥타브나 건
너뛴다
난삽한 청춘의 형식이 싸락눈처럼 펄럭이며 나를 지나가
는 중이다

안녕 속은 하얗다
난 가만히 있는데
여기저기 정신없이 늘어나는 재의 흔적
아무도 엿보지 않는 데서
설마, 하던 청춘이 일어나서 그냥 나가버렸다
청춘이 아니면 말없는 짐승처럼 고요하다

고대 앞에서 내릴 때

새파란 보르헤스 청년이
하얀색으로 흔들리는 내 등을 보고 있었다

얼룩말 감정

재가 된 그를
북쪽으로 가는 거친 파도 위에 뿌렸지만

그는 익사하지도 떠오르지도 않았다

죽음은 아무래도
내게 잘못 보내주신 낯선 짐승

도심 어느 골목에 멍하니 서 있는 얼룩말 한 마리

그가 없는 밤이 가면
밤이 왔다
전혀 다른 내일이 살아서 걸어왔다

우리만 모두 살아 있는 새벽
내다 버린 유품들이 비를 맞았다

죽음은
한 장을 넘기면 또 한 장의 털이 다른 가슴

무턱대고 퉁퉁 불은 후회의 조합들

얼룩말의 감정을 만드는 모조 같은 하양과 검정

부스럭거리며 살아서 온다

전에는 닳도록 시만 썼는데
시에서 한 사람을 빼는 일

안 보일 때까지 깜빡거리는 흑백의 잔등이다

검었다 하얘졌다 하는 심장 사이
하는 수 없이 숫자로 가는
눈물투성이 초침 사이

내일 켜지는 불빛은 또다른 검정

내가 아닌 그도 아닌
이것은 어떤 잠일까

스칠 때마다 슬픈 소리가 났다

세상은 언제부터
나를 마구 읽어내는 격렬한 독자가 되었나

기념사진

겨울과 봄 사이
꽃이 마르는 시간
어쩌나
나는 마르지 않는다

갑자기 꺼내보고 싶은
나는 나의 기념사진

이토록 아름답고
이토록 남아 있고
이토록 연장하고 있는 것을
찰칵찰칵 찍어가던 사람들

테두리 안에
한쪽은 가득한 얼굴 한쪽은 텅 빈 얼굴
서로 마주보고 있다
사진 속에서
잠언을 읽으며 내가 잠잠히 견디고 있다

어젯밤부터
한 장의 사진에서
얼굴들이 아프게 날아온다
쿡쿡 내가 찔린다

물렁물렁한 사진 한 장을 완성하기 위해
어쩌나
나는 마르지 못한다

트럭 같은 3

트럭에서 내렸다
나쁜 냄새
부품마다 나쁜 생각을 했나보다

꽃나무 옆에 한참을 서 있었는데
꽃나무 밑동에서도 휘발유 냄새가 났다

시계를 보지 않는 이슬과 바람에게서도
시간을 보지 않는 시계에서도
끊임없이 겁나던 두려움에게서도
앞이 보이지 않던 눈물에게서도
먼 길을 함부로 달려온 트럭 냄새가 났다

꽃냄새가 되려고
국화가 되었다가
작약처럼 붉기도 했지만

나쁜 냄새는 휘발되지 않아

내 나쁜 생각 위에 뚫린 창문들을
자꾸 열어

어머니

알고 있었니
어머니는 무릎에서 흘러내린 아이라는 거
내 불행한 페이지에 서서 죄 없이 벌벌 떠는 애인이라는 거
저만치 뒤따라오는 칭얼거리는 막내라는 거
앰뷸런스를 타고 나의 대륙을 떠나가던 탈옥수라는 거

내 몸 어디엔가 빈방에 밤새 서 있는 여자
지익 성냥불을 일으켜 촛불을 켜주고 싶은 사람

어머니가 구석에 가만히 서서
나를 꺼내 읽는다

자주 마음이 바뀌는 낯선 부분
읽을 수 없는 곳이 자꾸 생겨나자 몸밖으로 나간 어머니
알고 있었니
기도하는 손을 가진 내 안의 양 한 마리

눈의 지도

지도에 없는 마을에선 눈이 왔다
수증기가 이야기를 해주는 밤이 있다
무슨 말을 해도 글썽이다가 그냥 가는 연인도 있다
흰 눈에게도
사람이 흉내낼 수 없는 바퀴 달린 사랑이 있다
한 번은 아찔하고 한 번은 출렁거리다 멈춰
며칠이나 지층에 머리 박고 죽으려 했던 자해의 흔적이
있다

버튼만 누르면 지상의 모든 기억이 지워지고 하얗게 자
폭해버리는
이 기체의 액체들이
슬피 우는 너의 일부라 해도
바퀴를 굴리며 떠돌고자 한다
흘러가야 잠들 수 있는 물을 마셔본 기억으로
필사적으로 하얗게 덮어줄 지도를 기다린다

어느 날엔
얼음덩어리가 보이지 않아
헤엄치고 다시 헤엄치고 하염없이 헤엄치는 북극곰처럼
쇄빙선에 오래 사로잡혀 깨지고 부서지는 얼음 섬처럼
내 몸을 내가 어떻게 깨부술지 몰라
지도를 펴고

허기만큼 반짝여줄 눈을 기다린다 —

그리운 것들이 기화되면 어디에 가 묻히나
마지막으로 육체끼리 얼어붙는 얼음 사랑이 있는 곳
눈의 지도에만 있다

바람이 간헐적으로 수증기의 마음을 열리고
사랑하던 자들이 식어가는 가슴에 손을 얹을 때
눈물이 수풀보다 많은 눈의 지도를 그린다

이상한 번역

그는
고백할 때마다 꽃 이야기를 합니다
그가 거짓으로 고백할 때도 나는 꽃 이야기처럼 번역합
니다
그의 고백을 늘 씻어줍니다
번역의 절반은
거짓말 그 일대를 불개미처럼 헤매고 다닙니다
그가 깜깜하면
달콤함을 참다못해 구멍에 빠졌다고 번역합니다
무서웠던 긴 시간의 이별은
그가 작약을 따라갔다고 번역합니다

사랑은
그 사람처럼 생긴
꽃처럼 생긴
다정한 입술처럼 생긴
누군가를 묻어줄 때까지 꽃을 덮어 쓴 이상한 번역입니다
어둠 속에다 철컥철컥 나를 묻어주며 흘리던 하얀 입김
같은
어느 쪽으로 걸어도 만나지지 않는 문장입니다
꽃의 뒤편
한 권의 책도 없는데
한쪽 눈을 감고 그의 꽃 이야기를 번역합니다

만약에 만약에 만약에— 또는 얼음도 '불의 흔적'이라고
번역합니다

응답

대책이 없단다

너의 기도

불쑥 불레셋 군사가 쳐들어오는 데야

하나님이 노상 기다릴 줄 알고 꽃잠 자러 가는 데야

절망이 희망인 줄 알고 뒤범벅 시간을 퍼먹는 데야

잠을 위하여 주머니마다 희미해지는 알약을 숨기고

눈물이 없어지자 빡빡한 눈두덩으로 눈물을 이해하는 데야

너의 기도

아래로 아래로 바닥에 모였다

나쁜 잉크처럼 번지기 전

할 수 있는 것은

3월의 모든 날

몰아서 몰아서 너를 하얗게 지우는 것

파밭

1

뜨는 무지개만 여러 번 보았다
무지개가 죽는 건 본 적이 없다
무지개는 죽을 때 어디다 색깔을 버릴까
적어도 일곱 가지 이상의 감정을 죄다 지우고
회칠한 듯한 흰 손 들고
어디 가서 몰락할까
죽는 순간
하얀 홑이불 한 겹 뒤집어쓰고
뭉게뭉게 떠돌다
모네의 그림 상단에서 멈췄을까
쓰라린 파밭을 내려다보고 있다

2

사람들이 너무 매워서
어떤 감정이 너무 쓰라려서
텃밭에서 파를 뽑아내려 했을 때
들렸다
파에서 올라오는 새파란 파의 목소리

힘센 남자에게 단번에 격렬하게 뽑히고 싶어

그가 나를 뽑을 때

내가 뽑힐 때   —

울면서 나도 그렇게 말하고 싶었다

구름 애인

한 남자를 사랑했다

짐승 안에 들어 있는 구름 같은 남자

짐승에게 구름 같은 게 있을까 싶지만
뒤집으면 구름이 펄럭거렸다

짐승이 뭉게뭉게 달아나던 미루나무 끝가지
까맣게 멀리서 소낙비가 오고 있었다
구름이 바늘처럼 따갑게 쏟아졌다

구름을 만지고 싶어서
어쩌다 한 마리 짐승을 사랑했다
구름 같은 짐승
설산에 가끔 출몰한다는
털이 따가운 짐승

짐승에게 눈물 같은 게 있을까 싶지만
뒤집어보면
짐승의 털이 흠뻑 젖어 있었다

젖은 몸으로 설산을 기어오르는
반투명 구름의 기쁨

자작나무 숲에
구름 같은 짐승이 살았다
따가운 사랑이 있었다

2부

사과처럼

사과를 사랑하자

사과처럼 사각사각 아이를 낳았다

사과와 속삭이자 사과 냄새가 났다

잠 속에서도 사과 냄새는 휘발되지 않아

누가 사과처럼 날 따버린 거야

반복되는 태초의 사과 연습

이 넓은 지구에다 아이를 툭툭 떨어뜨리는 사과의 엄마들

어두워도 여긴 둥근 사과의 우주

내일이 와도 사과는 날 놓아주지 않아

뱀과 여전히 헤어지지 않아

조그만 아이들이 새까만 사과씨를 품고 지구에서 자란다

사과처럼 구르며 사과의 발자국을 찍는다

사과가 사람을 홀리던 그때의 사과처럼

어린 사과에게 남은 태초가

사과처럼 다가오고 있다

사과꽃

상처는 얼마나 팽창해야 열매가 되나

폐 수술 후 언덕을 오를 때

통증은 사과 익을 때처럼 핏발이 섰다

사과 옆집에 살았으면 좋겠다

아무리 아파도

꽃으로 시작하는 열매 곁에서

헛가지 붙잡고 자전하면

커다랗게 밤이 오는 사순절

처음엔 진분홍이었는데

누가 창백한 손을 가지고 이사 왔는지

흰 사과꽃이 피었다

숨을 들이마실 때

저 사과꽃 내면 중에

뒤로 쓰러지는 가여운 꽃잎들

함부로 나부끼다 잘라낸 폐 언저리 네트에 걸려 있다

푹푹 폐망을 뚫고 들어오는 사과들

사과가 굵어지는 소리

사순절 내내 가슴이 따끔거렸다

못 박힌 여자

당신은 기둥이 되어야 하는데
수십 개의 못을 낳아줘야 하는데
가방을 걸어주고 무거운 어깨를 걸어주고
슬픈 얼굴을 걸어주고
마음까지 들어줘야 하는데

날마다 아픈 소리가 났다

그렇게 마음껏 액체였던 것들
흐르고 싶은 액체들이 이렇게 많은데
그것들보다 더 액체인 나
물이 되는 물기둥일 텐데

봄인가?
목련처럼 삐죽
내가 나오면
못을 탕탕 친다
기둥에서 뚝뚝 떨어지는 나의 아픈 꽃들

걸어야 할 무거움이 많아서
못들이 마구마구 태어난다

그 여름

사랑이 끝나자 여름이 왔다
그해 여름의 절반은 물이었다
나와 한통속인 기분으로
거의 매일 소나기가 왔다
그리움도 퉁퉁 불어터질 수 있었다
일 분 사이 꽃가루들이 물이 되었다

기도실에서 하나님을 불러내고 나는 무서웠다
비좁은 통로를 올라오면서 울고 말았다
울지 않으면 나쁜 생각을 했다

이 슬픔
살짝 쳐들어보면 모두가 나로 만든 것들
비릿한 물고기맛

그해 여름의 절반은 이해되지 않았다
넘어지고 또 넘어졌다
허공 너머에도 물이었다

가방의 고요

산을 오르다 굴참나무 허리를 잡고
나뭇잎 한 장 만큼 피를 토했다
슬프겠다 아프겠다
새들은 불쑥불쑥 지저귄다
피 없이도 잘사는 돌멩이 옆에
거기 맨드라미 머리만한 내 피가 지워지지 않고 서 있다
내일은 큰 병원으로 가봐야지

블라우스 속에 남은 피들은 고요했다
몸 이곳과 저곳 사이에 매복한 죽음에서
발가벗은 피들이 거기 쓸려다녔다
그렇게 아픈 곳이 있었나
거기가 붉었다

잘 뒤집히던 피를 가방에 넣었다
큰 가방을 들고도
무겁지 않았다
피가 시퍼렇게 무성해서
나무처럼 자꾸 베어낸 적도 있다
어떤 감정을 배기지 못해
가방을 내려놓고
꽃을 꺾었다
자주 솟구치던

무엇도 슬프지 않은
아무것도 가난하지 않은
큰 가방을 들고도
피가 무겁지 않았다
가만가만 빨개진 가방 속 꽃잎들

날이 밝으면
큰 병원에 가봐야지
가방 속 사람들을 잊어야지

사과보다 더 많아

사과 저편은 붉다
노을이야
사과나무는 하나인데
사과는 너무 많아
나무 안쪽으로 흐르고 있는 사과로부터 안 보이게 굴러
간 사과들까지
어쩌자고
시인은 시를 사과라 부르고
그 많은 사과들 틈에 끼어 내장이 하얀 시를 쓰고 있나
첫사랑은 새파랗게 지나갔고
나무 왼뺨에 흩날리던 사과꽃은
여름 내내 사과가 되었지만
시인은
깜깜한 가지 사이로
우두커니 서서 시를 놓친다

밤새 쓰다 만 노트 위에 툭툭 떨어진 사과
사과 아래 그 아래
공허한 문장들

나무는 하나인데
사과는 너무 많아
사과보다 시가 더 많아

사과처럼 떨어지는 재앙조차 갖지 못해   —

박(拍)

그때 나는 파란색이었다 마치 희망이 있는 것처럼
고통이 하늘처럼 푸를까봐 땅만 보고 다녔다

아차산 계곡에서 젖은 낙엽을 들추고 아이에게 플라나리
아를 잡아줄 때 이상하게 고통의 拍이 느껴졌다 고산지대
에서 쏟아져내린 듯한 고통의 뼈를 두들기는 소리 그 동물
의 뼈에서만 낼 수 있는 오랜 짐승이었던 소리 마른 뼈 사이
를 막 휘돌아나오는 강약, 슬픈 음악이 약속돼 있는 언사처
럼 拍이 느껴졌다

아이가 플라나리아를 두 동강이로 잘라놓았다

미물도 지독한 이별을 한다
하등한 자가 반으로 잘리는 고통과
하등한 자의 또다른 출산
플라나리아의 눈물이 타올랐다
그들도 무너져내리는 拍이 있다
수십 토막으로 더 잘리고 싶은
나쁜 꿈의 박동

필사적으로 동강난 시간들을 넘어왔다
누가 흘린 것 위에 나를 흘리고
누가 자른 것 위에 나를 붙이려 할 때

잘려나간 몸들이 다시 내 몸이 되려는
고통스런 拍을 느낀다
영혼의 절반쯤에서
막 질주하려는 고통들

밀알

호밀들이 나란히 서 있네
마음껏 옷을 찢고도 푸르게 서 있네
마음껏 썩으면
밀밭이 된다고 믿으며 서 있네
나란히 서 있네
나란히 썩고 있네
사람처럼 마주보며 썩고 있네
스윽스윽
밀알을 빠져나가는
슬픈 목소리의 바람도 만들었네
어둠 속에서
밀알이 되려고
오래오래 비명을 참았네
창밖으로 신발을 벗어던지고
반쯤 더럽혀진 발을 고백하며
아무렇지 않게
등짝을 녹였네
미래의 축복은 아주 무더울 거라며
푹푹 썩었네
썩는 고요함이 얼마나 고단한지
자고 깨면
잔뜩 입술이 부르튼 호밀이 되었네
매번 그런 것처럼

마음껏 썩어보질 못했네
거기
만지면
아직도 푸른색이 쏟아지는
시인이 있었네
호밀의 뼈가 출토되는

별과 침

세상은 침으로 가득했다

짐승처럼 서로 먹이를 바라보다 침을 흘렸다

아무도 침을 닦아주지 않았다

가끔 흐르는 침을 참을 수 없어서 산으로 갔다

밤 자작나무들이 새파란 침을 흘렸다

이파리 다 따버린 검은 바위들도

무릎 꿇고 침을 흘렸다

뿌리를 갉아먹다 세상으로 나온 미물의 입술에도

죽은 버섯의 어깨에서도

침냄새가 났다

눈물을 참듯 침을 참고 하산할 때

얼마든지 침을 삼키고도 반짝이는 별을 보았다

침에 젖지 않으려고 붓을 말렸다

별빛으로 붓을 말렸다

흰 개 검은 개

눈 날리는 저녁

거리 끝으로 달려가는 검은 개 한 마리

그 등짝 위에도 눈이 왔다

그토록

하얗게 하얗게 개 한 마리 심장이 눈을 맞더니

침침한 저녁 새하얗게 이식된 색깔로 귀가했다

흰 눈 한 겹 들추면

물 안 드는 씨줄과 날줄 촘촘하게

그냥 검정 개이고 싶은 마음

감자꽃 같은 기억 밑으로 가자

매일매일 아리고 뜨겁게 짖어대던

흰 눈의 염색이 없는 곳으로

풀의 증상

바람이 일자
말을 더듬고
옆구리가 생각 없이 흔들립니다
풀의 증상이라고 합니다

흔들리는 모든 나의 중심에
풀의 지문이 보입니다

풀의 증상이라고 합니다
울다가도
달빛이 좋아서
온몸에 풀이 나고
흐린 무릎엔 달빛이 맨발로 서 있습니다
푸른 느낌표처럼

풀의 흔적이 없는데
자고 깨면
풀의 신발이 신겨 있습니다

마음에 안 드는 뼈들을 모두 내다버린 오후
아무렇지도 않게
뼈만 있는 의자에 앉아 있습니다

열무의 세계

여기선 휘파람이 나오지 않는다

희망엔 좀더 울음이 필요한데
열무처럼 푸르면 그냥 희망이라 믿었다

푸른빛의 열무야 거짓말아
푸른 건 푸르게 쏟아지는 재앙일지 몰라 가끔 우는 것 가
끔 죽는 것 가끔 아픈 것 가끔 무섭고 서러운 것도 기막히
게 푸르다

희망을 안고 자면
이튿날 아침이 불행했다
매일매일 간절하게 얼굴을 씻어도
휘파람이 나오지 않았다

수만 평의 열무 밭
절망 한 모금 없이도 여기서는 푸르게 익사할 수 있다

푸르면서 날개 달린 게 나는 제일 무서워
기형도처럼 숨어서 문구멍으로 희망을 내다본다

열무와 열무 아래
여기도 여전히 푸른 이후의 삶이 있다

저중에

덜 푸른 병에 걸려 죽은 자도 있다

함께 같이 모두 열무인 희망이라던 저중에

아주 잠깐

아주 잠깐
세상이 희망적이었다

아주 잠깐
나는 그의 환한 옷이 되었다
그가 달려갈 때 펄럭이다 떨어지는 길가의 꽃잎처럼
꽃무늬가 치마에서
푸르다 붉다 푸르다 붉다 아름답다가 떨어졌다

어느 날은
아주 잠깐이
온 세상을 덮는다

아주 잠깐
나는 그의 새가 되었다
꽃이 피면 어떡하지 어떡하지 하다가
북쪽으로 날아갔다

어느 날은
아주 잠깐이
온 세상을 가져간다

욱 하고 희망이

어느 날 희망은 아무도 없는 곳에서 짐승이 되고 있었는데 걸어가다 말고 갑자기 길모퉁이에서 욱하고 모종의 짐승 소리를 내고 있었는데 이 하루는 희망이 태어났다 다치는 데 충분한 시간이다 수국처럼 창백한 여자도 희망이 다치면 쉽게 한 마리 짐승이 되는걸 어디가 문인지 어디가 약인지 몰라 좁은 방에서 몇 번 더 짐승이 되는걸 하루하루 절망스런 문을 열다가 하루의 스푼을 놓치면 들쥐처럼 이빨이 생기고 욱하는 표범의 사상이 되는걸 희망에게서 두 발을 떨고 있는 짐승의 흔적을 본다

짐승들이 자꾸자꾸 몸안에 들어와 입이 되고 발이 되었다 입이 머리로 올라가 풀을 뜯었다 북북 깊은 곳을 뜯기는 밤, 발은 어딘가로 희망을 끌고 다니고 결코 바람이 되지 못하는 짐승을 뒤집으면 한가운데 어쩔 수 없는 희망이 서 있었다 우주에 한 줄 획을 죽 긋고 죽으러 가는 유성처럼

재료들

어머니를 꽉 쥐면
주르륵 눈물이 쏟아진다
주원료가 눈물이다

사랑을 꽉 쥐어짜면
쓰라리다
주원료가 꺼끌꺼끌한 이별이다

매일매일 적의를 품고 달려드는 삶을 쥐어짜면
비린내가 난다
주원료가 눈이 어두운 물고기다

CT로 가슴을 찍어보면
구멍 뚫린 흰 구름 벌판
주원료가 허공이다

실종

사라진 반지를 찾고 있다 나와 아틀라스 산맥을 함께 넘
었다 서로 붙들지 않고 허술하게 넘었다 반지는 분명 사라
지는 기쁨을 알고 있다 꼭 붙들지 않고도 통정하는 그 쩌르
르함에서부터 사랑할수록 먼 곳에 유기하는 모래들의 해체
를 지나 강으로 가려고 모래에 동공을 빠뜨린 마른 물고기
의 주검까지

지금쯤 어느 모래를 신고 거꾸로 섰을 반지 날아가려는
모래의 세포와 피톨 사이를 아슬아슬하게 날렵하게 때로는
천천히 손가락 하나 찾으려고 우울하게 팽팽하게 맹렬하게
끝내 우주에서도 여전히 내 몸이 되려고 나에게서 더욱 사
라지는 반지

참, 저기 저 멀리 모래에 빠뜨린 니제르 강도 있지

탈피

눈을 떠보면
너무 파란 하늘
옷을 벗느라 언제나 눈물이 나 있는 세상
껍질들의 무덤이네요

혹독한 계절이 왔다
껍질에 쩔려 죽는 뱀들과 함께
마지막 슬픔까지 벗어야 한다

무서웠던 겨울의 차가운 동굴
껍질의 감정을 가슴에 달아주고
구두를 벗고 코트를 벗고
무거운 것들 모두 가볍게
마지막으로 빈 문장을 벗고

돌아보면
나는 해변의 텅 빈 피조개
모래가 입을 틀어막으며 바다를 벗으란다

껍질은 낮에도 어두웠다
죽은 살이 가득해서 웃지 못했다

무서운 봄

무섭게 봄이 오고 있네
봄밤은 숨차고
자꾸 간지러운 지느러미가 새로 생기네
내 마음
너무 많은 기둥을 세웠네
단추 풀고 홑치마 훌렁 들추고
출렁출렁 달려드는 봄을
마구 비틀거리며 쫓아버렸네
그토록 굵은 기둥을 세우고
풍풍 나에게 오는 봄을 잃었네
나도 봄인 적 있어서
매일 밤 가위 눌렸네
나 가는 길 군데군데 서 있던
꽃 같은 연인
왜 그토록 오래오래
봄을 무서워했을까

자화상

눈 날리는 날

내 속에도 눈이 내렸다

크도록

그 눈이 하얗게 하얗게 나를 닦아주더니

침침한 저녁 하얀 색깔로 귀가했다

눈 오는 날

끝까지 하얗자고

내가 나에게 말했지만

씨줄과 날줄 촘촘하게

흰색 안에 초록이 있고 노랗거나 좀 푸르게 검붉은 홍자
주 약간의 연분홍과 연두

구름 같았던 흰 눈의 감촉은 없었다

흰 눈을 물어뜯은 자국

흰 감자꽃 같은 기억 밑에

온갖 색깔에게 끌려가는 쪼개진 흰 눈이 있다

은하

어린 시절

그토록 사랑했던 건 달이었다

밤마다 마음껏 달을 그렸다

어머니가 벗어놓은 흰 속치마에다 푸른 잉크로 초승달을
그리고

그날 밤 내내 겁이 나서 기침이 났다

은하수에서 푸른 송곳니가 막 돋아나던 초승달 언어

착한 냄새가 나던 조그만 우주

불쑥 날아온 별들이 까놓은 콩처럼 수북했다

지금은 다른 쪽만 바라보는 머나먼 달빛

가끔 하고 싶지만 목에 걸리는 캄캄한 기침

세상의 푸른 잉크들은 마르고

아무도 순백의 속치마를 벗어놓지 않는다

잠시 나였던 흰 종이 한 장 아프게 구긴다

종이 위에선 그려지지 않는 머나먼 행성들

푸른 하늘 은하수

식목일

식목일, 나는 함백탄광 뒷자락 두위봉으로 주목나무를 심
으러 갔어요 나무를 심으러 갔다가 나를 심었어요 주목나
무를 들고 갱도 위를 지나갔어요 내 몸 아래로 탄갱이 흘러
가요 방제 갱이 삐죽 나와 있어도 돌아서 갔어요 나는 함께
멸망하고픈 나무들이 2억년이나 쓰러져 있던 자리를 팠어
요 2억년을 캐내던 광부처럼 구덩이를 파고 주목나무뿌리
를 묻었어요 살아서 천년 죽어서도 천년, 죽어서도 옆구리
가 빛나는 지리산 고사목이 목마른 주목나무인 걸 알았어요

나무가 살아보려고 물을 마시는 시간
내가 레몬주스를 마시는 시간
모든 기차와 헤어지고 하나만 남은 함백역이 나를 바라
봐요
나만 보면서 선량하게 서 있어요
오늘은 식목일 좋은 날이에요
사갱 구덩이가 나를 깊이 안아줘요
여러 번 쓰러졌던 나를 가만히 심어줘요
2억 년 후에 석탄으로 깨어날 얼굴을 묻어줘요
누군가 어둠 속에 까맣게 매장되어 있는 동안
두위봉은 꽃 천지예요

흐느낌

코파카바나 해변으로 저녁 먹으러 갔을 때
나는 쓰다 만 여섯 줄의 시가 적혀 있는 종이 한 장만 달
랑 들고 갔다
브라질의 무한한 바람이 불어와 무한으로 마음이 흔들리고
꽃을 그리듯 종이 위에
서울에서 쓸 수 없었던 무한 너머의 고백을 쉽게 써버렸다
마리사 몬테의 애절한 노래가 가슴을 탕탕 치고
나는 삼바 춤 사이로 가만가만 해변을 걸었다
사라지도록 걸었다
이 해안은 언제부터 이렇게 슬프고 아름다웠나
매혹의 맨발이었고 허물어지는 모래였고 슬픈 곡선이었다
어떤 사랑도 가능한 코파카바나 해변에서 참으로 위험한
생각을 했다
들키고 싶지 않은 들꽃 같은 부분은 흐느낌으로 고쳐져
내일, 흐느낌도 비행기를 탈 것이다

동쪽

오랫동안 가난한 집 가장이었다

서쪽에 살고 있었지만

늘 동쪽을 바라보고 있었다

붉은 하나님이 사시는 곳

실업 수당 받은 날 그는 혼자 정동진 해 구경을 갔다

떠오르는 해가 둥근 밥상으로 보였다

자기 혼자만 둥근 하나님

바다에서 막 떠오른 둥근 밥상에

모두가 수저를 놓고 새해의 소원을 빌 때

그도 해에게 소원을 빌었다

밥 없는 밥상을 놓고 빌었다

붉고 둥근 것밖에는 아무것도 보여주지 않는 동쪽

그는 해를 등지고 하산했다

오렌지 성만찬

　아무도 모르게 오렌지 한 알 숨겨놓고 있다고 고백하고
싶어 그분께 오렌지는 행성처럼 별빛이고 달콤했고 십자가
는 파르스름했다고 달콤함이 구원이 될 경우는 없지만 주
일학교 때부터 오렌지로 된 추잉검을 씹고 있었다고 집요
하게 오래 씹는 법과 누군가를 대신해서 씹혀주는 껌을 사
랑했다고

　성찬예식이 시작되고 오렌지를 고백하지 못한 채 그분의
피를 마시고 살점을 떼며 사소한 것만 참회했다 오렌지 추
잉검을 탁 탁 뱉어내고 아무렇지 않게 보혈을 마셨다 자꾸
밖으로 튀어나오려는 내 안의 오렌지를 손으로 꾸욱 누르
고 있었다 내 몸에 살고 있는 나의 꿀맛 나의 껍질 나의 비
밀 축복과 거짓이 한몸으로 되어 있는 둥근 체액 내 안에 갇
혀서 순간순간 속죄양이 되어 주던 달콤함의 세계 옷핀으로
오렌지를 찔러 허위의 즙을 짜버리고 싶었다

　성만찬이 끝나고 내 자리로 돌아왔을 때 나 대신 오렌지가
울고 있었다 언제부터 우리는 이렇게 눈물까지 닮았을까 닮
을수록 짜내고 싶은 체액들 내 속에 오렌지의 거품이 너무
많아 죽어버린 이 달콤함을 어디에다 흘려버릴까

3부

옥수수 모퉁이를 돌다

모퉁이, 그 예리한 감정을 돌다가 신발을 잃어본 적이 있
나요?
눈매가 날카로운 타인과 타인 사이 거기 뒤척이며 살고
있는 뾰족뾰족한
모퉁이를 돌다 헐거덕거리던 신발 한 짝을 잃어봐야 고
요합니다
내 구두 한 짝이 요즘 고요합니다
발보다 큰 신발은 불행할 때 시끄럽습니다
단단하고 푸른 정강이뼈를 가진 남자
프리지아꽃 한다발 들고 와서 시를 배워가던 제자
마음껏 마음을 들키고 시끄럽더니 고요합니다
모퉁이를 돌다 두 짝 신발 다 잃었나?

요즘 산 아래 밭에 나가 옥수수 신발 빌려 신고 옥수수처
럼 서 있어봅니다
혹시 저런 시퍼런 자궁이 생길지 몰라 대궁을 쳐다보며
서 있습니다
구름보다 더 오래 거기 서 있습니다
옥수수와 옥수수 사이엔 모퉁이가 없습니다
옥수수끼리 서로 잘 보입니다
옆구리에 차고 있는 옥수수 자루는 알 수 없는 뫼비우스
의 떼
옥수수 신발은 구름이고 바람이고 풀잎입니다

물렁물렁한 고요입니다   ─

모퉁이를 돌다 벗겨진 사랑
요즘 옥수수 밭에서 찾아보고 있습니다

─

달콤한 은유

미안해 시 쓰는 이런 체위로 전력 질주 사십 년

미안하고 미안해서 물끄러미 있는 남편에게 이런 여자 하
나 얻어주고 싶다 내 영혼 반쯤으로 낮추고 반쯤은 남편의
영혼인 여자 남편을 찾을 때도 구름으로 쉽게 찾기 표정으
로 쉽게 찾기 입모양으로 감정 찾기 찾기 놀이 하다가 호
주머니 속에 쏙 들어가 잘 우는 여자 꼴까닥 넘어가게 섹스
잘해주는 여자 남편 젓가락에 잘 집히는 여자 남편이 초록
을 생각하면 초록을 감고 분홍까지 들고 나오는 여자 맨발
로 벌레를 잡아 보여주는 여자 군데군데 있는 남편의 얼룩
을 베고 잠드는 여자 가끔 봄나물 뜯어다 나물무침 위에 꽃
다지를 얹어놓는 여자 위스키를 주문하고 남편이 취해도 돈
안 달라는 여자 형님 형님 하면서 내 등에다 고추 달린 사내
아이 업혀주며 마실 보내주는 그런 여자

어디 가서 그런 여자를 구할까? 생각하는 사이 벌써 집에
닿았다 어림 턱도 없는 여자가 초인종을 누른다 미안해 미
안해 그런 여자 찾다가 또 이런 낡고 어설픈 형이상학적 체
위로 돌아와서

뭐가 이리 붉은가

희망은 얼마나 나쁜 높이까지 올라가는지
희망이 잠복기를 거치는 동안
고통은 후회를 가르친다
혀의 반쪽은 늘 붉다
말보다 더 많은 후회를 맛보고 있다
맛은 어떨까
혀가 후회를 말하는 동안
이렇게 모른 척 희망은 무거워진 후회의 모서리를 돌고
있다
매일매일 후회가 쉽게 붉어진다
희망의 주름 속에
아주 작고 모난 꽃이 만발하는 후회들이 살고 있다
과거의 길이를 지키며 삼키거나 잘 우는 것들
내 후회는 뭐가 이리 붉은가
얼마나 더 부끄러워야
얼마나 더 붉어져야
희망이 되는가?

나를 놓고 가요

추월은 맛있을까
나의 뒤가
나의 앞으로 나오는 신발 소리 들립니다

난처합니다

앞을 잃어버린 곳에 서서
안경알을 닦아요

비행기는 잡힐까봐 하얗게 날아서 가고
우르르 뒤로 밀리는 먹먹한 발목

그들이 나를 지났습니다

이 아득한 눈발 그치지 않는데
나의 가득 붉어진 꽃모가지를 분지르며
나를 한 장썩 한 장썩 제치며 가요

우리는 여전히 동물일까요
밤새도록 앞을 먹어치우는 짐승
뒤를 뒤집으면 나도 짐승의 입으로 보여요

타인의 모든 기억을 추월하는 그

그들은 한 오십 리쯤 뒤에다
그림자처럼 나를 놓고 가요

어떤 배고픔이 있었을까요
누구의 후회일까요

그때부터

돌잔치 상에서 덥석 집은 연필 그때부터 연필 한 자루 가슴에 비끄러맸네 그때부터 연필 한 자루 내 가슴에서 살았네 그 자유롭던 화자(話者) 그때부터 나는 굵은 펜인 줄 알았네 짐승의 눈빛이 달린 굵은 펜으로 시를 썼네 내 시는 엘리아르 지구처럼 새파랗거나 굵어 보였네 나와 상관없이 반성되지 않는 반성처럼 여전히 자기는 굵은 펜이라고 우기며 가슴에 비끄러맨 연필을 믿었네

연필은 더 높고 더 가파르고 숨이 찼네 어떤 날은 핏발 선 홍단풍나무처럼 뭘 쓸지 몰라 하루종일 붉기만 했네 시간도 사랑도 우주도 연필 한 자루 꽉 잡고 다시 써야 할 실패들이네 아주 조금 남은 꽃잎이었네 언제나 연필을 잡으면 아득했네 어쩌나 그때부터 연필 한 자루 비끄러맨 나의 깡마른 가슴은 늘 아파 늘 빨개

토마토가 몰려온다

누군가처럼 나도 무심히 토마토가 된다
더 물렁물렁하고 더 빨간 토마토

토마토가 될 때까지
자꾸 생략되는 뼈

뼈가 그리워라
한 줄짜리라도

토마토가
둥그렇게 눈을 뜨고도 야성을 잃어가는 것
가만히 붉기만 하는 것
영영 슬프게 되는 것

자고 깨면 찾는다
어디가 뼈의 자리였나

두근거리던 것을 두고 내린 그곳

해바라기

작은 꽃밭인데
달이 솟아오르는 방향으로
해바라기를 심었다

사랑하게 되면
뜬금없이 노예가 되는
이상한 바이러스가
흙 밑에 살고 있었다

감염되면
꼭 파리만한 그가 바람에 달빛에
자꾸 코끼리로 보였다
상아가 달린 거대하고 깜깜한 코끼리 그림자
커다란 그를 매번 놓치고
뜨거운 여름
눈물은 아래로
해바라기들은 위로
모두들 잘 자랐다
그를 자를
거대한 가위가 그리워
해바라기에게 자꾸 물을 주었다

그 여름의 끝

해바라기 넓은 잎 가위로
코끼리만한 그를 잘랐다

돌아보면
지도가 없어진 해바라기 꽃
잘린 그도 여름도 훌쩍 가버렸다

수요일

젖지 않는 것에선 나쁜 냄새가 났지 촘촘하게 마르는 냄새 교회 못미처 커피숍이 있지 수요일마다 우리는 하나님을 불러놓고 커피를 마시지 발끝부터 은은하게 젖고 싶었지 구원처럼 뾰족한 종탑에 십자가가 보였지 하늘에 못 미치고 내리는 빗줄기 마른 십자가 중간에서 뒤척였지 젖어서 울다 울다 비릿하게 달콤하게 둥글어진 하나님을 바라보며 우리는 허겁지겁 커피 한 잔 더 마셨지 슬그머니 교회 문을 열고 들어가면 장로님이 계시지 중요 회의 때마다 눈을 감는 젖지 않는 장로님 젖지 않으면 나쁜 생각이 나지 있는 듯 없는 듯한 눈물처럼 작은 물을 마시는 우리 앞으로 깊고 깊게 아무도 모르게 말라깽이 수요일이 지나가지 사랑하려면 더 굵은 슬픔이 필요해

연인은 하루살이처럼

하루가 끝나지 않았는데도

헤어질 사람처럼 날아갈 준비를 했다

내게 돌아가는 길을 물었다

아직 열두 시간 남았다고 일러줬다

내가 깊었다고 말하자

깊은 물에 빠진 적 없다면서 푸드덕 소리가 났다

슬프다는 생각이 하루종일 흘러나왔다

물 가장자리를 한 바퀴 돌고 날아간 벌레 발자국

말없이 허공을 나갔다

잠깐 졸고 난 새벽

내일의 벌레들이 넘어오는 소리를 들었다

2013년

봄
폐를 잘라내고 너무 아파서 누구 이름을 부를 뻔했다 울지 마 울지 마 괜찮아 괜찮아 하고 보내주는 문자를 기다렸다 종점 같은 데서 기침은 피가 잔뜩 묻어야 쏟아지고 주기도문을 열세번쯤 외우다가 뒷문장을 고쳤다 다만 다만, 그다음을 고쳤다 수없이 아파서 수없이 고쳤다 한 번도 부르짖지 못하고 고치기만 했다

여름
잃어버리기만 했다 2400만원 보이스피싱 당하고 졸음이 쏟아졌다 그해 여름은 깊어만 가고 습관처럼 소나기가 가끔 쏟아졌다 매일 푹 잤지만 아무것도 찾지 못했다

가을
어제는 항상 리허설
어제 본 풍뎅이 한 마리, 한번 쓰러지면 날개를 아무리 푸드덕거려도 일어나지 못했다 풍뎅이가 깔고 누운 방바닥은 어떤 위로도 없었다 풍뎅이가 몇 바퀴 도는데 일어나는 말랑말랑하고 부드러운 공기는 풍뎅이가 죽을 때까지 계속되었다 담담히 마른 공기를 뚫고 목숨이 연거푸 지나갔다 풍뎅이는 절뚝거리며 새벽을 횡단하더니 까르르까르르 넘어갔다

교회 갔다 와보니 남편도 까르르까르르 넘어갔다 날개는
어쩌고 풍뎅이처럼 넘어갔다 서글픈 리허설을 끝내고 어제
로 넘어갔다 봄처럼 떠들지 않고 어떤 허망한 것들과 함께
넘어갔다 보였다 안 보였다 하는 오늘을 넘어갔다 부스러기
를 조금씩 흘리며 식물처럼 어떤 계절을 붙들고 넘어갔다
까르르까르르 넘어갔다 마지막엔 소리 안 나던 풍뎅이처럼

겨울

감기마저 아프지 않았다 기어이 내게서 하차하려는 그들
에게 안녕을 연습했다

마지막 달래기

　개망초 같은 얼굴을 하고 잠이 들었다 이 잠이 마지막이
라 생각하자 산풀 우거진 언덕 울었던 이 사랑도 마지막이
라 생각하자 뜻밖에 암 선고를 받고 지하철 타고 집에 오는
데 마지막들이 나에게로 픽픽 쓰러졌다 희뿌옇게 올라오는
마지막 누군가 마지막 속에 너무 많은 걸 집어넣었다 내 마
지막은 연구실 의자에 너무 오래 앉아 있었고 늘 다니던 산
책길에 서 있다가 도시를 지나 다시 땅바닥에서 벽으로 기
어올라 그동안 밤마다 나를 내려다보고 있었다
　마지막 징후라고 했다 텅 빈 얼굴로 이 사람 저 사람 탕탕
물 튀기며 오뉴월 땡볕에 멀쩡한 차를 두 대나 닦았다 아냐
아냐 아니야 반짝반짝 잘 닦인 차에게 중얼거렸다 자꾸만
송두리째 끝이 되고 있었다
　나보다 더 걸음이 빠른 마지막에게 밤마다 나뭇잎만한 시
를 써주며 마지막을 달래고 있다 그동안 눈길을 줘도 손을
내주지 않았던 개망초 같은 수많은 마지막들의 풀 앞에 달
빛 아래 일단 멈춰서달라고

등

허공에 등을 내놓는 당신
쏟아지는 건초 냄새

거기 함께 멸망하고픈 누군가가 있다
당신의 등
심장보다 깊은 곳

등을 보며 당신을 읽는다

내가 다녀간 눈빛 입술 사상까지
얼마 후에나 가슴이 두 배로 아플 건지
가만가만 등에 매달리는 후회의 지느러미 소리까지

마침 그때 도시는 정전되고
우리는 벌겋게 타오르다
맑은 정신이 들어 모르는 사이가 되고
나는 함께 멸망하고픈 등을 만지고 있었다

레몬 달빛

여자가 보고 싶었으나
흔들리는 억새풀 뒤쪽 초승달한테 홀려서
그러니까
초승달만 보다 집으로 들어가는 남자

나는 그를 무엇이라고 부를까
그런 사랑이 무섭고 후미져서
짚고 싶은 벽이라 부를까?
벽을 짚으려는 순간
벽은 구름으로 기화한다
그렇다고 그를 허공이라 부를까?

그후로도 오랫동안
초승달이 뜨고
우리는 따가운 억새풀 뒤쪽에서 책을 덮고
달을 보았다
증상은 낭만이라지만
그렇다고
그를 초승달이라 부를까

의심의 순간에도
서로 달빛에 노랗게 익었으므로
그러니까

레몬이라 부를까?   —

오래된 이별

흔들리는 날이었다
아무렇지도 않게 걸려오는 전화
오래전 돌로 눌러놓은 것들이 움직인다
전화를 받을 수 없었다
운전중이었고 녹슨 재채기가 마구마구 쏟아지는 중이었
고 아직도 허겁지겁 잊는 중이었고 얼음의 가장자리가 잠시
녹는 중이었고 더욱 핸들이 흔들리는 중이었고 오래된 도
로에 금이 가는 중이었고 잊으려던 것들이 신기루처럼 보
이는 중이었다
'이별의 무한궤도를 달리면 시원하다'라는 어느 시인의
허구처럼
'이별은 시원하다'라는 내 거짓말처럼
그런 어깨 너머로 오늘까지 걸어왔다
퇴적층의 고통은 여전하다
어제까지 가지고 있던 이별의 기억들을 질질 끌어다 쌓
는다
단단하고 딱딱해진 돌로 눌러놓은 납작해진 덩어리들
얼마나 내가 나를 꼭 붙잡고 있었던지
차마 이 쌀쌀함이 이 건조함이 무엇인 줄 도 모른 채 눈물
은 오래전 사냥감처럼 달아났다

아무렇지도 않게 걸려오는 전화
말할 수 없는 바람이 불어와 흔들리는 중이었고

푹푹 빠지지 않는 신발을 찾는 중이었다   —

희미함의 세계

내 목소리가 점점 나와 같아진다

내가 벗어놓은 옷 옆에

희미한 세포 한 무리

뒤늦게 나를 닮는다

시간이 갈수록 미치지 않는 맛

모든 뿌리가 같아지는

요즘 들어 잔뜩 독이 든 혀로

휘발된 맛을 찾는

캄캄한 그 어디

찾을 수 없는 희미함의 세계

머리카락이 하얗게 센 고요한 맨홀

얼음 장면

몽골 흡수골에서 어부가 얼음낚시를 하고 있다
낚인 물고기가 아가미로 피를 뱉더니 바로 급냉 장작개
비로 변한다
상을 찡그리며 한쪽 눈을 뜬 채 얼음이 되었다
뭘 말하려다가 침묵하는 자세
'노'라고 하고 싶었던 말도 얼어붙으면 '예스'가 될 수 있다
입은 헤벌쭉 가로로 벌어져 있다
외마디 소리가 직선으로 빠져나간 제스처
갑자기 의식이 빳빳한 배역을 맡은 배우처럼 된다
불화의 모습도 화해의 모습도
슬퍼 보였다
얼음이 물고기에게 딱딱한 것을 마지막 선물로 주고 있다

길 위의 대화

별이 없는 길이 열렸다

우리는 어두워도 전력질주했다

모든 길에는 신이 살고 있고

신이 넘어지지 않는 각도를 우리는 믿었다

시도 사랑도 우기지 말자고 말했다

리듬은 다르지만

우리는 엇박자 단면에서 나는 마지막 냄새를 사랑했다

길이 갈라질 때

언제부터 그렇게 천천히 감옥인지

갈라진 길로 제각기 걸어가면서

우리는 눈물을 저녁 풀숲에 던지자고 말했다

아픈 발자국을 찍으며

모호한 지구

나 하나 거기 들어가 있다
많이 구부리다 찌그러진 줄도 모르고
지구는 둥글다
뾰족한 데마다 다치는 동물들의 피냄새
총알이 자꾸 날아오는 지구를 보았다
세상에서 가장 지루한 자전
나갈 힘이 없는 저 파랑의 안쪽 그곳을 지구라고 부른 적
없는데
지구는 꽃시계처럼 둥글다
초침과 분침이 내 팔목에다 커다랗게 원을 그려주며
뾰족뾰족하게 우거진 슬픔도
괜찮아 괜찮아 하면서
지구는 둥글다
외로운 사람 더욱 외롭게 끌어당기는 깃털만한 만유인력
뉴턴은 내가 심은 해바라기를 놓아주지 않는다
그것을 둥글다고 부를까
또 지구는 목이 메는구나
어린 새들인가 죽은 꽃잎인가
무더기 무더기 지친 버스를 타고 나가는 저 이탈자들
무엇이라 부를까
남아 있는 아무 손이나 붙잡고
지구는 둥글다

112

식물성 고통요(苦痛謠)의 꽃, 만개 —
나민애(문학평론가)

intro. 선혈을 먹고 자란, 푸른 식물의 기원

최문자의 『파의 목소리』는 길다.

첫 '시작'과 '끝'을 헤아리기 힘들 만큼 매우 길다. 이 시집은 머나먼 곳, 저 낮은 최저낙원에 뿌리를 대고 있으면서 머나먼 곳, 저 높은 천상을 향해 최대한 생장하고자 했던 결과물이다. 묶인 뿌리는 슬프도록 낮게 있으며 뻗친 손가락 끝은 처연하게 높다. 이 사이에서 시인은 추락하고, 기어오르고, 추락하고, 다시 시작한다.

무서울 터, 높은 곳과 낮은 곳 사이에 놓인 낙차만큼 정신의 운동성은 강렬하고 영혼의 비상은 날렵하다. 긴장해야 할 터, 이 시집은 매섭게 자라 있다. 자라지 않는다면 최저낙원에 묶인 그대로 잦아질 것이라고, 시인의 날로 파리해지는 영혼이 말하고 있기 때문이다. 저 낮은 지점은 '어서 죽어라' 속삭이고 있으나 시인은 가까이에 있는 죽음 대신 이 긴 시집이 되기를 선택한 셈이다.

> 늦은 저녁
> 낡은 바퀴를 달고
> 검은 트럭 한 대가 덜컹거리며 돌아온다
> 떨궈진 그것이 누구의 눈알이든
> 거기 놓고 벌판을 달려왔다

하루의 시동을 꺼트리고도
트럭 같은
핸들을 잡았던 푸른 손목을 비추는 더 푸른 달빛
달빛마저
트럭 같은

—「트럭 같은 1」 중에서

   트럭이자 시인은 길을 잃었고 짐도 잃었다. 게다가 시인이자 낡은 트럭에겐 잃은 길과 짐을 찾을 시간도 남지 않았다. 곧 저녁이 올 것이고 시동을 꺼야 할 것이다. 그 시간이 차츰 다가온다는 사실은 분명 슬프고 무서운 일이다. 그런데 죽음의 조롱 어린 목소리를 들었음에도 불구하고 트럭이 눈물로 얼룩지지 않은 것은 의아한 일이다. 의아함을 넘어 선혈로 얼룩지지 않은 것은 경이로운 일이다. 과연 인간 최문자에게 눈물과 선혈이 없었겠는가. 그것을 지운 것은 시인 최문자여야 했다. 인간 최문자가 쓰러지면 시인 최문자가 일으키고, 인간 최문자가 '죽자' 하면 시인 최문자가 '살자' 했을 것이다. 좀더 정확히 말해 눈물과 선혈 대신 이 긴 시집을 생장케 한 것은 시적 영혼의 공적이다.

1. 절규성 영혼의 고통 지수

　이번 시집『파의 목소리』는 뿌리 뽑힐 때 단 한 번 부르짖는다는, 식물성의 고통요(苦痛謠)이며 매맞는 영혼이 울리는 파란의 소스라침이다. 타율적 고통의 터전을 깨치려는 파격의 시도이며 일상의 얼굴을 걷고 포복하려는 푸른 설움이다. 이미지의 독서를 상정한다면, 이 시집의 군데군데는 파랗거나 붉은 어떤 장면들을 포함하고 있다. 우리가 만나게 될 그녀의 파랑은, 절규를 참기 위해 파랗게 질린 얼굴로 읽어야 한다. 그녀의 붉음은, 고통의 원천인 상처가 선혈로 물들었다고 읽어야 한다. 결정적으로 파랑과 붉음이 사라지는 어떤 장면을 통해서는 사라짐이 곧 '정화'의 다른 말임을 확인하게 된다.

　시집에서 마주치게 될 모든 파랑과 붉음, 그리고 그것들의 사라짐을 예비하기 위해 최문자 시인의 고유 영역을 확인하자.『파의 목소리』이전 무릇 시인 최문자가 고통의 세계에서 줄곧 살아왔음은 주지의 사실이다. 시인에게 '고통'이라는 시적 주제가 얼마나 원천적이었는지는 이미 해명된 바 있다(유성호,「통증과 사랑의 시적 형식」『나무고아원』해설, 세계사, 2003). 그가 지녀온 고통의 세계란 한국 현대시사의 굵직한 주제 중 하나이면서 또한 최문자를 문학 영역으로 밀어올린 그의 특징적 영역이었다. 무엇보다도 최문자의 고통의 세계는 1970년대부터 비롯되었던 '고통의 정치

학'에 비해 보다 존재론적인 영역에 있었다. '상처받은 유년'의 그리움과 두려움보다는 현재진행형인 고통에 초점을 맞추고 있었으며 세련된 심미안으로 발견한 미학적 아픔보다는 날것의 육성을 전하려 했다.

이번 시집에서도 '고통의 시학'이 전제적 시발점임은 확실해 보인다. 그 증거로서 시들이 자라난 곳은 얼마나 먼 곳인가. 별들마저 희미할 정도로 대지보다 더 낮은 대지라고, 시들은 속삭인다. 시집이 솟아난 곳은 얼마나 먼 곳인가. 온기가 느껴지지 않을 정도로 중심에서 멀리 떨어진 대지라고, 시집은 대답한다. 이렇게 이 시집은 세상이되 세상이 버린 어떤 곳에서 출발한다. 힘에 부쳐 땅을 짚은 손, 흙을 움켜쥔 마른 손가락으로부터 시작한다.

여자들이 아팠다
별들과 멀어질수록
더 많이 아팠다

나도 어제는 많이 아팠다
빠따고니아를 다녀온 후 다시 빠따고니아로 가고 싶어서

다시 찾아오지 말라는 안내 표지판을 분명 기억한다

그런데 오늘

아무런 서사도 없이
빠따고니아를 여러 번 불렀다

여기는 별에게서 가장 먼 곳
여름에 더 눈물나는 여자들
많이 아프다

—「빠따고니아」부분

척박하여 목동과 양들만 산다는 '파타고니아'가 시인을 불
렀다. 그 부름에 즉각 응답할 수 있었던 이유는 이미 이 척
박함에 대한 경험이 있었고, 마음 안에 이 척박한 토양이 갖
춰졌기 때문일 것이다. 넓은 평야만큼 별이 가깝게 내려앉
는 곳은 없다. 그런데도 불구하고 시인은 파타고니아를 "별
에게서 가장 먼 곳"이라고 부른다. 그녀 마음의 황야가 바
로 "별에게서 가장 먼 곳"이라는 말이다. 별에서 먼 곳이란
어두운 곳일까. 아니, 아픈 곳이다. "별들과 멀어질수록/ 더
많이 아팠다"라는 구절처럼 별이 먼 곳은 아프기 때문에 시
가 되었다.
  이 작품은 아픔의 궤도를 매우 멀게 설정했다는 특징을 지
니고 있다. 시인은 먼 곳의 바람 냄새와 먼 곳에 사는 여자들
의 서사를 선택했다. 다시 말해, 별빛처럼 아득하게 자신의
고통을 에둘러 표현했다. 멀리에서 발원한 별빛이 오랜 시
간 후에 지상에 내려앉는 것처럼 시인의 고통 역시 아주 오

랜 시간을 거쳐 우회하고 있는 것이다. 이것은 우리가 아는 고통의 반응과는 사뭇 다르다. 무릇 고통에 대한 1차적 반응은 '절규'이다. 절규는 빠르고 즉각적이다. 강하고 원초적이다. 그러나 이 시집에서 주목해야 할 점은 빠르고, 즉각적이고, 강하고, 원초적인 절규의 방식을 선택하지 않는다는 것이다. '않는 것'뿐만 아니라 시인은 '다른 것'을 선택했다는 데에 시집의 방점이 있다. 왜일까. 절규는 순간의 것, 그러나 이 시인에게 고통은 순간(瞬間)이 아니라 항상(恒常)이었다. 스치고 지나가는 것이 아니라 안고 사는 것이었다.

  푸른빛의 열무야 거짓말아
  푸른 건 푸르게 쏟아지는 재앙일지 몰라 가끔 우는 것
 가끔 죽는 것 가끔 아픈 것 가끔 무섭고 서러운 것도 기
 막히게 푸르다

  희망을 안고 자면
  이튿날 아침이 불행했다
  매일매일 간절하게 얼굴을 씻어도
  휘파람이 나오지 않았다

  수만 평의 열무 밭
  절망 한 모금 없이도 여기서는 푸르게 익사할 수 있다

푸르면서 날개 달린 게 나는 제일 무서워
　　　기형도처럼 숨어서 문구멍으로 희망을 내다본다
　　　　　　　　　　　　　　　　──「열무의 세계」부분

　시인에게 있어 고통의 심화는 가장 푸른 세계를 가장 무
서운 세계로 만드는 수준에 이르렀다. 지나치게 파란,「열
무의 세계」에서 희망 따위는 결코 허락되지 않는다. 희망을
환기하지 않을 뿐만 아니라 푸름은 수만 평의 거짓말이 되
어 시인의 영혼을 파랗게 질리게 만든다. 담담하게 풀어놓
지만 혼자 건너는 고통의 세계가 얼마나 압도적이었는지 이
시를 통해 충분히 짐작할 수 있는 것이다.
　영혼을 압박하는 전면적 고통 때문에 그녀에게는 진화된
다른 고통의 양상이 요청되었던 것으로 보인다. '항상의 고
통'을 감내하기 위해서는 고통이 고통 아닌 것, 절망이 절
망 이상의 것으로 나아가야 했다. 그것은 때로 별빛이기도
했고, 먼길로의 우회이기도 했고, 식물을 심고 기르는 마음
이기도 했다. 중요한 사실은 고통의 진화란 일종의 숙성 과
정, 즉 시적 방법론의 전환 없이는 불가능하다는 점이다. 고
통에 대한 제2의 반응을 창조하는 것이야말로 고통의 시학
을 질적으로 변화시키는 첫번째 수순이다. 고통에 침묵하
기. 오랜 시간 고통을 만지기. 고통을 비고통적인 것으로 다
스리기. 시인이 고통의 시학을 오래 견지한, 이른바 고통의
전문가임은 이 지점에서 판별된다. 병자는 병의 인식 단계

에서 한걸음 나아가 병을 다루어야 치유에 이를 수 있다. 마찬가지로 시인은 고통을 외치며 인식하는 단계를 지나 고통과 함께 지내는 방식을 터득하게 되었다. 그리고 그것은 다음과 같이 고통의 지속과 공존이 아니라 생존과 치유를 위한 것이었다.

2. 치유를 위한 시적 방법론의 변모

사하라에 가보고 싶었다

암모나이트 껍질이 박힌 사하라의 화석을 만져보고 싶었다
멀고 먼 사하라 고생대의 절망으로부터 나의 절망에 이르기까지
흰 털을 가진 양들의 굽슬굽슬한 몽유가 한 조각씩 떨어져 날아들던 무덤 그 허벅지에서 꺼낸 뼈 자국을 만지고 싶었다 짐승들이 몸안의 구름을 들추고 사포 소리가 나는 장기에 귀를 댄 흔적이, 숲을 덮칠 때 필사적으로 달아났던 꽃잎 날린 흔적이, 뱉어낸 뱀의 허물에 가득찼을 모래 흔적이, 사막을 걷다가 올라가야 할 산이 되었다는데
                                                    —「화석」 부분

변화된 시적 방법론이 이 작품 안에 고스란히 담겨 있다. 고통을 없앨 수 없다면, 그것이 숙명이라면 어떻게 할 것인가. 시인은 고통의 얼굴에 긴 시간의 면사포를 씌우는 방식을 선택했다. 고통과 정면충돌하거나 회피하는 방식이 아니라 고통을 다른 무엇으로 변화시키려는 것이다. 안고 있는 고통의 덩어리가 뜨겁고 따가워 시인은 펄쩍펄쩍 뛰면서 사하라로 달아났다. 달아나서는 고통을 버리고 온 것이 아니라 사하라는 무엇인가에 대한 답변을 들고 왔다. 그리고 이 답변을 고통의 이마에 얹자 그것은 '다른' 무엇이 되었다.

시인에게 '사하라'란 고생대의 절망에서 나의 절망에 이르기까지 처음에서 끝까지 모든 절망의 시간을 확인할 수 있는 곳이다. 절망이 모래가 되고 다시 산이 되어 있는 곳에서 시인은 절망의 연대기를 발견하게 된다. 긴 연대기 안에서 절망은 수많은 변신담을 낳아왔다. 그것은 '암모나이트'였다가, '흰 양의 몽유'였다가, '짐승 안의 구름'이었다가 '꽃잎 날린 흔적'이 되었다. 이렇게 버리는 것이 아니라 변화시키기 위해서 시인에게는 비로소 사막이 필요했다. 또한 버리는 것이 아니라 변화시키기 위해서 고통의 공간인 사막은 연대기적 시간을 필요로 했던 것이다.

물론 사막 위에 몽유를 덧씌워도 사막은 뜨겁다. 고통에 시간의 면사포를 씌워도 그 속의 얼굴이 얼마나 파리한지 시인은 잘 알고 있다. 고통에 시간을 입히는 손이 얼마나 떨리는지 역시도 그는 알고 있다. 시간의 연대기를 유지하기

위해서는 연대기의 처음과 끝을 잡고 있어야 한다는 것, 고
통을 변화시키기 위해서는 그것을 꼭 쥐고 있어야 한다는
그 면에서 이 시인의 시련은 깊고 깊다.

아주 잠깐
세상이 희망적이었다

아주 잠깐
나는 그의 환한 옷이 되었다
그가 달려갈 때 펄럭이다 떨어지는 길가의 꽃잎처럼
꽃무늬가 치마에서
푸르다 붉다 푸르다 붉다 아름답다가 떨어졌다

어느 날은
아주 잠깐이
온 세상을 덮는다

아주 잠깐
나는 그의 새가 되었다
꽃이 피면 어떡하지 어떡하지 하다가
북쪽으로 날아갔다

어느 날은

아주 잠깐이
온 세상을 가져간다

　　　　　　　　　　—「아주 잠깐」 전문

　최문자 시인은 시집을 관통하여 고통에 대한 접근방식을
달리하고자 했다. 즉 그는 긴 시간 절규를 소리내지 않고 속
으로 삭이고 있었다. '오랜 시간 참는다'는 말을 상상해보
자. '오랜 시간 견딘다'는 얼굴을 떠올려보자. 입은 고통으
로 일그러져 닫혀 있다. 입속에는 고통과 침이 고이고 고인
다. 시인의 경우가 이와 같다. 최문자 시인의 굳게 다문 입
안에는 절규가 맴돌다 사라져갔다. 그사이 많은 이미지와
언어 역시 고였다가 사라졌을 것이다. 머금은 끝에 비로소
입 밖으로 나온 것에 군더더기가 있을 리 없다. 가장 효율
적인 언어 사용과 절제미가 돋보이는 것은 이러한 시적 방
법론의 변화와 동궤에 놓여 있다. 기승전결에 얽매이지 않
고, 대오각성을 보여줘야 한다는 강박에 사로잡히지 않고,
시인은 너무나 자연스럽게 맨몸을 내놓다. 그런데 그 맨몸
에 기름기란 전혀 없다. 어디서 시작하고 어디서 끝내자 마
음에 두지 않고 나온 듯 저렇게 자연스러운 시가 처연하고
아름답게 쓰였다.
　「아주 잠깐」에는 고통과 관련된 단 한마디 말도 없지만,
참 아픈 작품임은 분명하다. 시간의 연대기를 고통 위에 덧
씌우는 시인의 떨리는 손을 알고 있기에 그렇다. 길게 아프

고 '아주 잠깐' 희망하는 푸른 영혼을 보게 되기에 그렇다.
아픈 것을 환하다고 말하고, 절망적인 것을 희망적이라고
말하기 위해 시인의 어깨는 숨죽여 흐느꼈을 것이고, '아주
잠깐'에 대해 말하기 위해서 나머지 시간을 이를 악물며 견
뎌야 했을 것이다.

　이 시집 안에는 죽음과 절망을 다루는 작품이 여럿 있지
만 어떤 경우도 죽음과 절망을 직접적으로 말하고 있지는
않다. 눈물과 슬픔을 삭이지 않고 생경하게 노출한 작품은
여기 없다. 말하고 싶은 것을 다 말하지 않는다는 것은 시
인으로서 매우 하기 힘든 일이며, 또한 시인의 제일 덕목 중
의 하나일 것이다. 말하고 싶은 것을 다르게 말한다는 것은
매우 하기 어려운 일이며, 또한 작품의 제일 덕목 중의 하
나일 것이다. 이 시인과 이 시인의 시가 이 어려운 일을 하
기 위해서는 역시 많은 시간 인내했으리라, 버렸으리라, 내
려놓았으리라.

3. 하얀 '고통화(苦痛花)'가 피었습니다

　이 시집은 분명 '고통'에 대한 이야기면서 '고통'에 대한
이야기가 아니기도 하다. 시인은 고통이 아니기 위해 이 시
집을 썼다. 우리는 너무 아픈 사람이기도 하지만 이제 아프
지 않아도 되는 사람이라는 말을 듣기 위해 이 시집을 읽었

다. '고통'이라는, 시인의 오래되고 전문적인 영역에서 출발함에도 불구하고 이 시집은 고통의 시학 안에 머무르기를 거부하고 있다. 우리는 이 거부를 충분히 오래 바라볼 필요가 있다. 고통이되 고통이 아니고자 한다는 점이 이 시집을 '다른 최문자'의 새로운 시집으로 읽게 되는 결정적 요소가 되기 때문이다. 고통이되 고통이 아니고자 한다는 점이 이 시집을 너무 아름다운 몸부림으로 만들기 때문이다.

그는 그가 아니고자 한다. 가능한가. 그는 마른 땅의 토롱처럼 고통의 터전에 온몸을 부비며 절규하는 자이면서, 또한 절규하는 그가 아니고자 한다. 가능한가. 대답을 망설일 때 시집은 답변 대신 '꽃'을 보여주었다. 고통을 단말마와 출혈과 절규로 표현하지 않고서 어떻게 표현할 것인가의 고민은 고통의 질적 변환을 낳았고 그 변화는 일종의 '꽃'이 되어 피어났다. 이 시집을 덮고 났을 때 향기가 느껴진다면 그것은 전적으로 이 '꽃' 때문이리라. 덮고 나서 지워지지 않는 이미지가 펄럭인다면 그것은 또한 전적으로 이 '꽃' 때문이리라. 시인에게서 개화한, 선혈을 받아먹고 피어난 저 '하얀 꽃' 때문에 말이다.

1

꽃은 몇 겹으로 일어나는 슬픔을 가졌으니 푸른 들개의 눈을 달고 들개처럼 울고 싶었는지 몰라 저 불완전한 꽃잎 하나만으로 죽음도 환할 수 있으니 저 얇은 찢어짐 하

나 가지고 우울한 우물을 파낼 수 있으니 이게 바람 대신
울어주는 창호지 문인지 몰라 꽃은 죽고 나무만 살아 있
으니 나무 속에 끓고 있던 눈물의 일부일지 몰라 검은 점
으로 부서졌다가 재가 되는 꽃의 마지막 뼈일지 몰라 밤새
꽃을 내다 버리는 부스럭거리는 소리 죽은 동그라미의 질
감으로 바람에게 끌려가는 소리 간지러웠던 피 모두 흘려
버리고 매운 꽃나무 뿌리를 다시 찾아가는 순간일지 몰라

2

꽃들이 꽃 한 송이 피지 않는 공허한 내 등뼈를 구경하
고 있었다 언제부터 이곳에 꽃이 없어졌을까 언제부터
이곳에 이처럼 딱딱한 굵은 슬픔 한 줄 그어져 있었을까

3

어떤 봄날에 꽃 보러 가는데 불현듯 배가 고팠다 배고프
면 위험한데 깜깜한데 눈먼 푸른 박쥐처럼 더러운 바닥에
엎드리는데 허기져도 꽃은 여전히 꽃이 되고 있었다 모른
체하고 하루씩 하루씩 꽃이 되고 있었다

4

그동안 산맥과 구름 사이에 너무나 많은 꽃잎을 날렸다
어떤 슬픔인지도 모르는 그걸 멈추려고 거기다 너무나 많
은 못을 박았다

—「꽃구경」 전문

이 아름다운 시를 아름답지 않게 읽기 바란다. 그녀가 아름다우라고 쓴 것이 아니라 처참한 심정을 꽃잎 사이에 숨기며 썼으니 북받치는 회한을 틀어막고 썼으니 처참하게 보길 바란다. 아니, 시인이 그러했듯이 처참함을 억누르며 보길 권한다.

작품 「꽃구경」이 중요한 이유는 시인 자신의 과거, 즉 작품 활동과 고통의 시간까지를 다루고 있기 때문이다. 이 아름다운 시는 끌어안고 있는 모든 것의 연대 때문에 아름다워졌고, 끌어안고 있는 모든 것을 날려버리기 때문에 더욱 아름다워졌다. 화사한 꽃과 꽃, 저 꽃불 아래 첩첩이 쌓인 애정과 회한에 주목하자. 그리고 그 애정과 회한을 단번에 날려버리는 시인의 결단에 주목하자. 그 애정과 회한의 이야기를 보기 위해서 이 작품은 뒤에서부터 읽을 필요가 있다.

작품의 끝 4연의 구절은 시인의 과거, 즉 슬픔의 시간과 슬픔의 노래에 대한 정리를 담고 있다. "그동안" "어떤 슬픔인지도 모르는 그걸 멈추려고 거기다 너무나 많은 못을 박았다"는 시인의 고백은 지난날 슬픔, 절망, 고통에 대한 자신의 몸부림을 이야기한다. 그 몸부림이 당시로서는 절대적 절박함이었지만 오늘날 생각해보면 너무 많이 아팠다는 것이다. 거슬러 올라가 3연에서 시인은 "눈먼 푸른 박쥐처럼 더러운 바닥에 엎드리"며 살아온 절망의 세월을 언급한다.

그때는 꽃이 박쥐와는 무관하게 피고 졌다. 저 최저낙원의 시민에게 꽃 같은 것이 눈에 들어올 리 없다. 꽃을 보지 않고 절망만을 보아온 자신에 대해 시인은 2연에서 "꽃 한 송이 피지 않는 공허한 내 등뼈"라고 표현한다. 이 텅 빔에 대한 발견이 시인에게는 또다른 절망이면서 나아가 시선의 방식을 바꾼 절대적 계기가 된다. 그리하여 비로소 시인은 '슬픔의 꽃'에 대해서 이야기 할 수 있었다.

1연의 "꽃은 몇 겹으로 일어나는 슬픔을 가졌으니 푸른 들개의 눈을 달고 들개처럼 울고 싶었는지 몰라"라는 구절에서 시인은 꽃과 '푸른' 영혼의 연결에 성공한다. 꽃이 아직까지는 슬픈 꽃이고 푸른 들개 역시 여윈 고통의 영혼이라 해도 시인은 '꽃의 뼈' 내지 "매운 꽃나무 뿌리"를 신뢰할 수 있게 된 것이다. 이렇게 읽은 「꽃구경」은 역순행적으로 풀어놓은 시인의 과거와 변화의 연대기를 보여준다. 절망하고 마른 영혼이 서서히 몸을 일으켜 자신의 빈 척추뼈 안에 꽃모종을 심는 기이한 광경을 보여준다. 이것은 앞서 「화석」에서 보였던, 고통에 관한 순차적 연대기의 또다른 버전이자 시인이 시간의 거죽을 들어내 그 안의 진실에 접근하기 시작했다는 것을 보여준다.

꽃을 보지도 못할 정도로 절망했던 영혼이 절망을 가지고 꽃을 피우자고 생각하게 된 계기가 무엇인지는 정확히 알 수 없다. 그가 잃은 것이 너무 많아서일 수도 그가 얻은 것이 너무 많아서일 수도 있다. 문제는 시인이 고통의 질적 변화 내지 고통과 절망을 가지고 개화를 이루게 되었다는 사실에 있다. 곧이어 우리는 몹시 궁금해진다. 고통이 만든 꽃을 '고통(苦痛)-화(花)'라고 부를 수 있다면, 이 절망의 꽃을 '절망(絶望)-화(花)'라고 말할 수 있다면, 이 꽃은 대체 어떻게 생겼을까. 절망을 꽃으로 바꾸는 힘은 무엇인 것일까.

　　나의 모든 비탈은
　　앵두의 기억을 가지고 있다

　　세상에서 곤두박질치다
　　나를 만져보면
　　앵두 꽃받침이 앵두를 꽉 잡고 있었다

　　외할머니는 산비탈에 앵두나무를 심고
　　우리들을 모두 앵두라고 불렀다
　　앵두꽃이 떨어져 죽을 적마다
　　우리는 자꾸 푸른 앵두가 되었다
　　　　　　　　　　　　　　—「비탈이라는 시간」 부분

　세상이 얼마나 팍팍했는지, 시인의 인식은 "비탈"이라는 시어를 통해 아프게 드러난다. 비탈에 선 자의 다음 수순은 자명하다. "세상에서 곤두박질"칠 일만 남아 있다. 이 아득히 절망적인 순간에 시인은 '꽃'을 생각한다. 시 구절에 의

하면 앵두를 잡고 있는 유일한 것은 "꽃받침"이었다. 꽃이
있어서 시인은 계속 "푸른 앵두"일 수 있었고 여전히 '푸른'
영혼을 세울 수 있었을 것이다.

　시인에게 삶을 허가해준 꽃받침 내지 꽃의 양상은 여러 작
품에서 변주되며 나타난다. 특히 최문자 시인의「지상에 없
는 잠」에서는 꽃이 활짝 피어 있다. 피기만 했을까. 이 작품
에서는 꽃이 아예 '꽃나무'로 확대되어 만연하다.

　　어젯밤 꽃나무 가지에서 한숨 잤네
　　외로울 필요가 있었네
　　우주에 가득찬 비를 맞으며
　　꽃잎 옆에서 자고 깨보니
　　흰 손수건이 젖어 있었네
　　지상에서 없어진 한 꽃이 되어 있었네
　　한 장의 나뭇잎을 서로 찢으며
　　지상의 잎들은 여전히 싸우고 있네
　　저물녘 마른 껍질 같아서 들을 수 없는 말
　　나무 위로 올라오지 못한 꽃들은
　　짐승 냄새를 풍겼네
　　내가 보았던 모든 것과 닿지 않는 침대
　　세상에 닿지 않는 꽃가지가 좋았네
　　하늘을 데려다가 허공의 아랫도리를 덮었네
　　어젯밤 꽃나무에서 꽃가지를 베고 잤네

세상과 닿지 않을 필요가 있었네
　　지상에 없는 꽃잎으로 잤네
　　　　　　　　　　　　—「지상에 없는 잠」 전문

　이 작품은 본 시집의 압권에 해당한다. 너무나 청명하고
우주적인 미학을 선보이는 듯하지만, 이 청명과 확산의 과
정이 결코 단순하지 않다. 하얗고 하얀 시를 놓고 눈을 감으
면 어둡고 어두운 시의 과거가 보이기 때문이다. 그는 꽃도
피지 않는 황야에 서 있었다. 푸른 영혼이 앙상하게 떨고 있
는 별빛의 밤을 시인과 우리는 함께 보았다. 푸른 영혼은 꽃
이 맺히지 못했던 연유를 꽃피를 토하듯 말했다. 고통은 눈
을 가렸고, 입을 떼면 슬픔의 꽃잎이 낱장 낱장 허공 속에 흩
어졌다. 어떤 것도 손안에 쥐어지지 않았다. 먼길을 그렇게
타박타박 걸어왔다. 아니, 아주 먼 저 아래에서 시인은 울며
울며 위로 향했다. 햇빛도 들지 않는 절망의 나라에 머무른
다면 눈멀고 귀 멀어 사라지게 될 것, 하여 시인이 할 수 있
는 것은 고통의 덩굴을 자라게 하는 일밖에 없었다. 그리고
그것의 기어오름 끝에 그 견딤 끝에 비로소 "지상에 없는
잠"이 피었다. 고통으로 만든, 그러나 고통이 아닌 꽃 '고
통화'가 피었다.
　이렇게 시인 최문자의 과거 작품 경향을 알고 있는 사람
에게 이 작품은 매우 놀라울 수밖에 없다. 이 작품에는 인
간 최문자의 냄새가 전연 없고 오로지 시를 안은 푸른 영혼

의 정결함만이 가득하다. 그 정결함의 자아는 매우 강력해서 세속에 속한 것들을 "지상의 입"이나 "짐승 냄새"로 표현하게 한다. 그와 반대로 정결함의 상징적 지표로서의 "세상에 닿지 않는 꽃가지" "지상에 없는 꽃잎"은 시적 세계 안에서 무엇보다 확실하게 존재하고 있다. 지상에서 가능하지 않았던 꽃잎이라든가 "지상에 없는 잠"과 같이 일찍이 없었던 것을 주장하고 없는 것을 그려내기란 본인의 전부가 실려 있지 않으면 가능하지 않은 일이다. 그러니 이 작품은 시인이 자신의 생명을 그러모아 만든 작품이라는 데 더욱 확신할 수 있다. 시인의 최후 일갈로 이렇게 조용하고 고요한, 그러나 강한 작품이 탄생되었다.

4. 별빛 아래 정결한, 하얀 꽃의 역능

하얀 꽃의 개화 장면을 목도했다면 이제 다시 시인의 시집이 매우 길다는 이야기로 돌아와야 한다. 아니, 푸른 영혼이 절규했던/절규하지 않기로 했던 이야기로 돌아와야 한다. 버려진, 세상이 아닌 곳에서 발원하여 오랜 시간 고통의 얼굴을 어루만졌던 이야기로 돌아와야 한다. 이 모든 이야기의 처음이자 끝에 비로소 '고통화(苦痛花)'가 피어 손짓하고 있기 때문이다.

'고통화'를 지닌 최문자의 작품은 일순 주위의 공기를 정화시키는 힘을 지니고 있다. 그것은 읽는 독자의 마음을 경건케 할 뿐만 아니라 시인의 세계를 최저낙원에서 최상낙원으로 격상시키는 역능을 지니고 있다. 고통화의 개화에 있어 인간 최문자와 시인 최문자의 간극은 상당해 보인다. 이전 작품들에서 보여주었던 '고통의 시학'과의 간극 역시 매우 커 보인다. 그러나 고통화의 뿌리가 핏빛이었음은 결코 잊을 수 없는 사실이다. 절벽을 맨손으로 기어오른 자의 손에는 피가 묻어 있기 마련이므로 이 꽃을 심은 자의 손 역시 핏빛이었음은 잊을 수 없다. 나아가 역설적으로 바로 이 핏빛 때문에 '고통화'의 개화는 더욱 문제시된다.

피를 먹고 절벽 끝에 개화한 꽃이 어떻게 "흰 손수건"처럼 하얀 꽃이 될 수 있었는가. 그것은 자기 스스로를 어떻게 정화했는가. 응당 붉게 피어났어야 할 꽃이 하얗게 피기 위해서 꽃은 스스로를 끊임없이 지워야 했을 것이다. 줄기를 타고 흐르는 핏빛을 지우기 위해서 시인이 자신을 얼마나 엄격하게 표백했는지, 우리는 말할 수 있지만 차마 상상할 수 없다. 그리고 이 상상하기 어려운 과정을 지나 비로소 꽃은 '푸른' 영혼을 푸르게 타오르게 할 수 있었고 고통의 주박과 세상의 사위를 정화할 수 있었다. 이 가없는 개화의 사연이야말로 '고통화'가 세상에 없던 꽃인 이유이다. 우리는 이처럼 정결하고 고결한 꽃을 이제껏 보지 못했다. 이처럼 아프고 또한 아프지 않은 꽃을 이제껏 만나지 못했다. 이것은 아직 이 세상에는 없다. 시인의 세상을 펼칠 때

만 있다. '고통화'로서의 『파의 목소리』는 분명 세상에는 없
던/는 시집이다.

최문자 서울에서 태어났다. 1982년『현대문학』을 통해 등단했다. 시집으로『귀 안에 슬픈 말 있네』『나는 시선 밖의 일부이다』『울음소리 작아지다』『나무고아원』『그녀는 믿는 버릇이 있다』『사과 사이사이 새』가 있고, 시선집『닿고 싶은 곳』이 있다. 한성기문학상, 박두진문학상, 한국여성문학상, 한국시인협회상을 수상했다. 협성대학교 문예창작학과 교수, 동 대학 총장을 역임했으며, 현재 배재대학교 석좌교수로 재직중이다.

문학동네시인선 071

파의 목소리

ⓒ 최문자 2015

1판 1쇄 2015년 8월 20일
1판 4쇄 2019년 12월 11일

지은이 | 최문자
펴낸이 | 염현숙
책임편집 | 김민정
편집 | 강윤정
디자인 | 수류산방(樹流山房)
본문 디자인 | 유현아
마케팅 | 정민호 박보람 나해진 최원석 우상욱
홍보 | 김희숙 김상만 오혜림 지문희 우상희
제작 | 강신은 김동욱 임현식
제작처 | 영신사

펴낸곳 | (주)문학동네
출판등록 | 1993년 10월 22일 제406-2003-000045호
주소 | 10881 경기도 파주시 회동길 210
전자우편 | editor@munhak.com
대표전화 | 031) 955-8888
팩스 | 031) 955-8855
문의전화 | 031) 955-3576(마케팅), 031) 955-2678(편집)
문학동네카페 | http://cafe.naver.com/mhdn
북클럽문학동네 | http://bookclubmunhak.com

ISBN 978-89-546-3732-9 03810

* 이 책의 판권은 지은이와 문학동네에 있습니다. 이 책 내용의 전부 또는 일부를 재사용
하려면 반드시 양측의 서면 동의를 받아야 합니다.
* 이 도서의 국립중앙도서관 출판예정도서목록(CIP)은 서지정보유통지원시스템 홈페이지
(http://seoji.nl.go.kr)와 국가자료공동목록시스템(http://www.nl.go.kr/kolisnet)에서
이용하실 수 있습니다. (CIP 제어번호 : CIP2015021202)
www.munhak.com

문학동네